anna luxo

é escritora de poesia e literatura lésbica e feminista.

nasceu e foi criada no extremo leste de sp junto com outras meninas que hoje são amigas, conhecidas ou paixões antigas. neta de cartomante. sobrinha, irmã e filha de educadoras. aprendeu as lições mais importantes da vida com sua avó, sua mãe e as mulheres da família. antropóloga, trabalhadora da assistência social e sapatão.

autora das zines *embarazoso: pequena trajetória do aborto no brasil* e *amor para pessoas com vulva.*

VINTE ANOS PARA DESCOBRIR A MINHA VAGINA

anna luxo

editora Urutau
primeira edição
2022

O —

editora Urutau

avenida peirao besada, 6 – 2D
36163 poio-pontevedra
(espanha)

rua cajus, 478
jardim das cerejeiras, cotia — sp
brasil
06724-015

[+55] 11 94859 2426 [brasil]
[+34] 644 951 354 [galiza]

www.editoraurutau.com.br
contato@editoraurutau.com.br

[EDITORA]
debora ribeiro rendelli
[REVISÃO]
juliana palermo
[COORDENAÇÃO GRÁFICA]
tiago fabris rendelli
[DIAGRAMAÇÃO]
victor h. azevedo
[CAPA]
victor h. azevedo, sobre ilustração de carl newman
[ISBN]
978-65-5900-212-2

dados internacionais de catalogação na publicação (CIP) de acordo com ISBD

luxo, anna
L977v vinte anos para descobrir a minha vagina / anna luxo. - bragança paulista: urutau, 2022. 76 p. ; 14cm x 19cm.

ISBN 978-65-5900-212-2

1. literatura brasileira. 2. poesia. I. título.

CDD 869.1
2022-485 CDU 821.134.3(81)-1

elaborado por vagner rodolfo da silva - CRB-8/9410

sumário

jovens adultas com vaginas

[prefácio]

Este livro contém duas décadas de estudos autogestionados sobre viver com uma vagina nesta sociedade e sobre viver como uma lésbica. A academia de estudos sociais auxiliou este processo dando nome a situações e circunstâncias que antes pareciam impossíveis de serem nomeadas, assim como também me apresentou a estudos anteriores que continham angústias e reflexões parecidas. Mas não há nada mais original do que a história de uma mulher e sua vagina.

Apesar disso, você não está se deparando com uma autobiografia ou algo parecido. Esta é uma coletânea de textos, poemas e reflexões que, em alguns momentos, são realmente pessoais, mas, em outros, são pura ficção social feminista: situações que não ocorreram exatamente desta maneira, mas de forma parecida; histórias de outras mulheres ou amigas ou exemplos gerais.

Diferente de uma ficção apocalíptica, nada escrito aqui é absurdo ou extremamente duvidoso. A maioria das coisas pelas quais passamos simplesmente por termos nascido com uma vagina são surpreendentes mesmo.

Muitas de nós gostaríamos de ter lido certas reflexões quando éramos meninas ou jovens, para que pudéssemos nos proteger de coisas que aconteceram com informação, educação e instrumentos de luta. Seria ainda mais intenso se tivéssemos a possibilidade de retornar ao passado para sentar e conversar com nós mesmas. Tenho certeza de que muitas de nós saberíamos exatamente o que dizer para nos proteger. Infelizmente, isso não é possível, mas é possível construir os livros, as conversas e as ações para proteger as meninas que virão e as que já existem.

Seguindo a ordem cronológica de uma vida, os primeiros escritos tratam da primeira infância e dos primeiros contatos com o amor e seus contrários.

Depois, as poesias retratam o período da adolescência. Os primeiros envolvimentos sexuais e afetivos, a descoberta da sexualidade lésbica, sexo, gravidez, aborto e feminismo.

E como encerramento, vêm o início da vida adulta e a transformação das dúvidas em ações políticas e organizadas para incentivar e orientar outras mulheres.

O livro também contém assuntos delicados, como aborto, depressão e violência sexual. Escolha o momento certo para ler, respeitando seus processos.

Foram necessários, pelo menos, vinte anos para descobrir mais sobre a minha vagina, o meu útero e a minha condição social. Talvez sejam necessários mais vinte para deixar completamente de odiá-la e aceitar somente as maravilhas que ela pode me proporcionar, e quem sabe o poder que mais vinte anos de reflexão possam nos trazer.

NIÑAS COM VAGINAS

a canção certa seria:

ciranda, cirandinha
ya no queremos ser ninãs
ya no queremos ser ninãs
ya no queremos ser ninãs
ya no queremos ser ninãs

niñas por mais tempo

exercitar escrever sobre a infância
porque não conseguir
é sinal de traumas e feridas
e que infância feminina
não foi interrompida?
por favor, nos deixem retornar
para sermos niñas por mais tempo
prometo me sentar direito
e bater naqueles que poderiam ter me matado
nos deixem voltar
para termos mais amigas meninas
avisar sobre uns otários
e ensinar às outras sobre as nossas vaginas
faríamos clubes de leituras clandestinas
na fase da alfabetização
autoexames na adolescência
e combateríamos a automutilação
então
por que não nos deixam retornar
para sermos niñas por mais tempo?
trocaria anos do meu futuro
por uns dias de quando era menina
porque tem dias que não quero viver

dias que não queria ter vivido
e dias que são um tormento
então
por que não nos deixam retornar
para sermos niñas por mais tempo?

uma foto em que pareço com os meninos

eu me pareço com eles
ou eles se parecem comigo?
tenho a mesma idade
ou superior à deles
o mesmo corte de cabelo
as mesmas brincadeiras
e os mesmos livros
mas não os mesmos amigos

meus primos têm amigos
que sabem que não sou um menino
e outros que não sabem

gosto quando não sabem que sou uma menina
que tenho uma vagina
ou que tenho amigas
quando não sabem que eu sou
uma pessoa inferior
devo voltar para casa antes
e não falar com homens

nunca falava com homens
pouco falava de amor

mas subo em árvores
quebro vidraças e ralo o joelho
não falo sobre amor
e nem eles
desço correndo ladeiras
como pastel
boné vermelho
mas eu não falo de amor
e nem eles
brinco de esconde-esconde nas casas
e, junto deles, me escondia por inteira

uma menina esquisita entre os meninos
nunca um menino como eles

até que um dia, no mercado, me perguntaram
se eu era menina ou menino
e meu pai ficou envergonhado
respondeu bem bravo e depois ficou bravo comigo
minha família disse que era por causa do boné que eu usava para
[proteger meus olhos do calor
parei de encontrar com eles
porque agora parecia errado
e quando me perguntaram aquilo no mercado
eu só queria responder o meu nome
ou que eu era o diabo

mãe de menina

nascer menina
me fez odiar a ideia de ter filhas
e temer criar meninos

me angustia ter tantas crianças com vagina nessa família
porque foi nessa família que eu aprendi a odiar os outros espaços
de que não pude participar
pra sair do lugar onde eu nasci
com uma bendita de uma vagina
que não esconderam o suficiente para me proteger
e não me orientaram o bastante
para eu me orgulhar
e enquanto essa violência não termina
algumas de nós terminamos

cor do quarto cor dos olhos

não tive tantas bonecas
e as que tive gostavam de nadar
enfrentar leões e andar em foguetes
gostavam de namorar umas com as outras
casar e ter filhas
suas filhas teriam vontade de nadar
enfrentar leões e andar em foguetes
talvez namorar com outras mulheres
e ter filhas

não tive tantas coisas cor-de-rosa quanto as outras meninas
e as que tive usava para brincar
porque não eram minhas preferidas

não tive tantos namorados quanto as minhas amigas
e os que tive gostavam de dançar, escrever
e, às vezes, até gostavam de outros homens
eles conheceram homens que gostavam de dançar
escrever
e de outros homens
e eu conheci mulheres que gostavam de outras mulheres

uma dorzinha específica

uma revista feminina me fez chorar com a minha mãe
mais do que o normal
nela eu li sobre roupas para mulheres
e abuso sexual
achei que seria melhor ter morrido do que vivido
e tem dias que ainda prefiro me esconder da minha própria vida
há feridas e feridas
mulheres e meninas
e uma mesma situação
me gustaría arrancar os olhos deles com as minhas próprias mãos
e morder as suas entranhas
para tentar causar uma dor parecida
a vingança é uma sensação gostosa e uma ideia que sai bonita
nas palavras certas
mas na literatura, não na vida.
porque a melhor vingança é ficarmos vivas

anos depois
uma revista feminista me fez chorar mais do que o normal
li sobre patriarcado e abuso sexual
achei que seria melhor não ter sido vítima
desse absurdo institucionalizado
e tem dias que prefiro não lembrar dessa parte da vida

me gustaría enclausurá-los
os invasores familiares
largar para o Estado tomar cuidado
mas o Estado não cuida
talvez na literatura, mas não na vida

hoje eu também chorei
mais do que o normal
projetos e projetos contra a violência sexual
e ela ainda mata as meninas
mantendo-as vivas

uma grande injustiça
mas uma dívida
eu gostaria de matá-los
mas me disseram que há mulheres que usam de algo
para ensiná-los a não abusar e ensiná-las a sobreviver
me parece errado e dolorido ter que fazer esse outro lado
na literatura
e na vida
mas a melhor vingança
é ficarmos vivas

família

muito barulho
paredes finas
se o vento bater mais forte
ou se alguém fizer perguntas
caem as estruturas

pequena lésbica

as meninas da minha escola
tinham cheiro de batom das mães, creme de cabelo e purpurina

família II

famílias barulhentas
não me explicaram
que o silêncio também era necessário

outros nomes para dar à minha vagina

antes de descobrir que a minha vagina
não era
um buraco sem fundo
eu achava que era
um buraco sem sentido
até começar a senti-la

travesseiro

um dia minha mãe me viu com as mãos dentro da calcinha
assistindo a televisão
não lembro tanto dos olhos dela
quanto dos meus olhos
assustados
"você só pode fazer isso no seu quarto"
deixei de botar a mão por anos

um dia minha mãe me viu apertando um travesseiro
com as pernas
"mas não estou usando mais as mãos"
achei que as mãos poderiam sujar
não que o que eu estava fazendo era masturbação

um dia
minha mãe não viu
mas eu fiquei horas sentada no banco da bicicleta amarela
sem pedalar
porque me dava uma vontade de não parar
minha mãe também não viu
quando eu tive meu primeiro orgasmo enroscando
as minhas próprias pernas
porque agora eu sabia que não deveria vê-lo

ADOLESCENTES MENINAS COM VAGINAS

politicamente precoce

ainda não sei o que é o amor
porque amor não tem nos livros de política
solo sei das críticas ao patriarcado
e que nosotras temos muito trabalho
sinto-me, desesperadamente, preparada para uma guerra
que nunca começa e nunca acaba
aprendi uma linguagem de guerrilha
salvei a mim mesma de explosões
e dormi com armas em casa

não sei o que é o amor
mas ele não me parece biológico ou prático
só é inevitável
e me assusta
não poder me preparar para quando acontecer

será que ele
vai me avisar quando chegar
ou só vai me estremecer as pernas
e umedecer a minha vulva
já senti algo parecido antes
mas a minha exposição precoce ao contrário do amor
me criou com um terror grudado nas costas

tengo armas para amedrontá-lo
mas o amor me amedronta
e me umedece
sinto medo de sentir-me vulnerável a ele
e sem armas
por mais que as armas tenham me ensinado
que o melhor mesmo
é não tê-las

pesadelo dessa noite

pra dentro de um vulcão
elas carregam mais álcool e gasolina
tendo certeza de que os fósforos estarão com os homens

um remédio para me curar do anticoncepcional

a ginecologista
não vê uma vagina faz tempo
apesar de vê-las todos os dias
um remédio pra me curar desse atendimento
por favor
segundo ela
observaram no meu quarto
indícios de atividade sexual
uns barulhos e uma ação
masturbação?
ela arregalou os olhos
como se nunca tivessem lhe orientado
assim como ela não me orientou nem a lavar as mãos
um exame de trinta segundos a levou a uma indicação
anticoncepcional
para as espinhas que a masturbação havia me causado
e para o futuro relacionamento hetero e sexual
que elas imaginaram

enroladas como frangos

a professora de educação sexual da minha escola
teve dois filhos não planejados
talvez seja isso
pediu para usarmos uma banana e uma camisinha
para um trabalho
não ouviu os comentários do menino do meu lado
que era virgem
ele queria saber como as lésbicas evitavam
eu também queria
ele foi interrompido por um aluno que perguntou qual o tamanho
[ideal de um pau
e todos riram
eu queria saber como as lésbicas
(porque até então eu não era uma)
evitavam
escrevi na caixa de perguntas da recepção
lembro exatamente como foi quando o papel chegou em suas mãos
e ela respondeu *com plástico filme*
talvez seja para enrolar nos nossos ouvidos
ou para nos transformar em mais uma dessas figuras estranhas e
[fetichistas
mais do que já somos pra eles

infelizmente a pergunta ainda circula nas caixas de recepção do
[mundo
sem resultado
como as lésbicas evitavam?

toda menina deveria saber fazer um aborto

quando a minha amiga precisou fazer um aborto
as minhas experiências feministas não deram conta
de arcar com a dor
durante uns dias
ficamos embrulhadas em um silêncio
saímos do corpo
fugimos
a necessidade de um aborto clandestino
me fez odiar esse mundo
e de repente
não havia ninguém no planeta
confiável o suficiente para perguntar

pesquisamos plantas
conversamos com as deusas
encaramos os demônios de nós mesmas
perdemos as estribeiras
e os sentidos

e eu não minto
quando digo que não sei o que seria de mim
se tivesse acontecido comigo

quando a minha amiga precisou fazer um aborto
eu daria partes do meu corpo em troca de pastilhas
mataria meus inimigos
em troca de comprimidos
mas eu não sei o que seria de mim
se tivesse acontecido comigo

quando a minha amiga precisou fazer um aborto
abandonei os meus medos mais antigos
mas eu não sei o que seria de mim
se tivesse acontecido comigo
quando a minha amiga precisou fazer um aborto
prometi a nós mesmas que conseguiríamos

agora a gente fala a mesma língua

crescemos como amigas
porque nossas mães eram amigas antigas
éramos o desejo delas realizado
em carne e osso
éramos carne e unha
e em alguns momentos
eu sentia que seríamos amigas antigas
que teriam filhas que seriam amigas
casadas com homens
como esperado
e talvez vizinhas

dividimos a cama, o sono e nossos sonhos
dividimos nosso primeiro beijo
uma com a outra
tempo depois
e *aquela* sensação
que estremece o colo do útero e o coração
beijar você foi como colocar um ímã
em um coração de metal
que parecia nunca ter funcionado antes
uma sensação ambígua
de que agora falávamos a mesma língua

que não nos deu trégua
um desejo realizado
num mundo irrealizável
para o amor

sabedoria monstruosa

depois de aberta a caixa de pandora
maria, dandara, helena, olga
os bichos não são os mesmos
e os medos não são os anteriores
não se teme a morte,
teme-se viver ao lado de um amor que te faça se sentir morta
não se teme o futuro,
tememos o presente que está embrulhado em cima da mesa que ainda não abrimos pois não achamos que merecemos
não temos medo do parto
temos medo dessa partida que faremos sentido o caminho dos sentidos não se temem as ruas escuras nem os dias de calor que grudam os corpos nas roupas
não se temem os assuntos proibidos nem os beijos com o mesmo sexo
não se teme assumir ter atração por felicidade e por autonomia
temem-se as idealizações que agora são enormes e a existência de uma caixa de monstros preparada para o que elas podem vir a ser
e se decidirem encurralar nossos ideais,
alguém terá de saber da existência deles

amor.raiz

eu não posso me desvencilhar do meu corpo
é osso!
somos unha, carne e caroço
algumas partes, lá no fundo do poço
e hoje eu posso com elas
se for preciso,
uso a mão como extensão do corpo
retiro o mofo
limpo as entranhas
rego até as raízes estranhas
e trago-as para o exterior
para apresentá-las às outras

eu também não posso me desvencilhar do meu sexo um pouco
entregá-lo a outros
buscá-lo às segundas-feiras
e viver umas horas num estado
neutro ou nulo
num pulo
perceberiam
a minha fúria raiz
e as minhas radicais perspectivas das coisas
cravadas no colo do útero e no meu coração

eu já quis me identificar com outros
mas não só nasci mulher
fui obrigada a sê-la

não posso me desvencilhar do meu coro,
das reivindicações repetidas por anos
e não há história que me deixe mais aflita

preste atenção

nossos primeiros relacionamentos
nos ensinam muito sobre
o que nós não queremos

amor y rebeldia

(homenagem a fernanda dias)

no começo é assim mesmo;

beijo abraço coração com coração cabelo cacheado afetiva
memória dedicatória — não me deixa dormir antes de você —
som roupa sem roupa barulho barulho barulho saudade. quando
é que a gente vai se ver depois de se ver hoje? amor anarquismo
feminismo pelos pubianos. batida de placenta do feto afeto
batida do coração. luz câmera ação declaração. cê me ensinou
tudo sobre desobediência civil amorosa rancorosa e sobre o
cuidado sem conotação sexual. karirinho com mel. maria joana
maria siririca maria madalena madá muda imunda mundo —
não me deixa dormir antes de você — faz o favor de avisar
quando chegar quando sair quando quiser me ver. deixa que eu
penteio o cabelo quando tivermos filhas. inseminação artificial
amor real adoção de novos modelos de relações afetivas

JOVENS ADULTAS COM VAGINAS

patriarcado presente

as mulheres mais velhas querem ser jovens
e as jovens
nem querem ser mulheres

seja honesta com os cafajestes que cê encontrar
abandone-os, afaste-se
mutile seus pensamentos
através de seus sonhos
proteja as futuras meninas
que já não querem ser mulheres
do asco da subordinação
e do auge da misoginia

proteja as do seu sexo
como se fossem os seus próprios olhos
sendo ameaçados

não tema ser acusada de vingança
não siga suas doloridas heranças
que as ensinaram a se aproximar do amor
mas não da raiva

deixe o cérebro esquentar como lava
não interrompa o seu fervor
e jamais permita intrusos em casa
mesmo aqueles que pareçam familiares
a família morreu há dois séculos
e só sobraram os fardos consanguíneos
e os milhares de registros de crianças sem pai
seja mais
do que os seus companheiros
atire a pedra primeiro
dê falsos conselhos, se necessário
pra prejudicar um otário
e considere bem
não querer dialogar com eles

entenda que o sangue
pode ser um sinal de vida, de sorte
ou um sinal de morte
a menstruação não é um monstro que foi pintado
porque aqueles que pintavam eram os monstros
que nos devoraram com colheres

as mais velhas querem ser jovens
e as jovens nem querem ser mulheres
também não querem arcar com o patriarcado

manual das sobreviventes

tem uma ferida aberta na minha garganta
que jamais será curada

ela lateja quando me sinto frágil
e às vezes é insuportável a dor que eu sinto

percebi que me dói mais saber que aconteceu com outras
do que o fato de ter acontecido comigo
poucos amigos sabem, porque contei para poucos amigos
as terapeutas me ensinaram a quase sempre
saber o que dizer
quando parecer que as luzes estão sumindo

já deitei no chão de chorar
quando encontrei uma parecida comigo
que achou que ia morrer
ou nunca mais dormir
essa dor vai deixar de ser tão aguda
essa dor vai deixar você fazer
uma festa
essa dor vai deixar você fazer
muitas amigas
essa dor vai deixar você

namorar
e essa dor vai deixar você
em paz

doulas de guerrilha

pode deixar
cuidaremos dos partos naturais
das cesáreas
e dos abortos
só peço que não nos matem
por fazer esse trabalho
que — acredite —
está nos matando aos poucos também

pra reduzir os danos
precisaríamos do mundo
e um respeito maior aos direitos femininos e humanos
já dizia a conferência de cairo
é proibido matar as mulheres mas também é feio deixá-las viver
[como mortas-vivas
não com essas palavras, é claro
os direitos sexuais e reprodutivos também são direitos humanos

abortar não é de deus
porque é das deusas
abortamos quando necessário
e ficam aí dizendo o contrário
usamos pílulas, ervas e jamais os cabides

uma bacia de água morna e um cobertor
os calafrios nem sempre são inimigos
uma acompanhante feminista
e uma amiga feminina

somos las socorristas en red,
mães, irmãs, namoradas e amigas
todas as doulas de guerrilha

violência endógena

sua linguagem do amor
não pode ser uma linguagem de guerra

violência endógena II

sua linguagem do amor
não pode ser neutra

amor rude

o último amor que tive foi rude. não foi ruim
segundo o dicionário: "inesperado e rápido"
chegou mas já tava dentro
avisou que ia embora e foi mesmo
"de difícil realização"
ao mesmo tempo que aconteceu
tenho medo de só ter imaginado.
"primário", perto de ser selvagem.

na agricultura se refere àquilo que "não se pôde cultivar"
e o meu preferido
"não é liso, é rugoso"
nada parecido com grotesco, agressivo ou palavras semelhantes
um amor rude é, às vezes, tudo o que podemos demonstrar no momento mas também é um total processo de irregularidades emocionais demonstradas
é preciso achar o equilíbrio pra achar graça disso
amor rude foi o que tive por mim.

vaginismo

é preciso fazer constantes reflexões sobre as nossas bucetas
um dedo não é capaz de entrar sempre que quiserem
nem os exames ginecológicos podem identificar toda a repulsa
[que sentimos e guardamos
muito
no canal vaginal
se fôssemos como intrusos
não demoraria pra fecharem os músculos
o ventre entende como defesa pessoal
e aqui se apresenta como doenças patriarcais

não esquecer de sempre desconfiar das doenças femininas

os séculos vinte e um
vinte e um séculos recebendo categorias de doenças mal explicadas
eu ainda estou desconfiando de que tenha sido enganada
não havia isso antes aqui
antes de terem inventado

assusta quando dizem que são psicossomáticas as coisas
as mulheres nunca serão curadas se na verdade nunca estiveram
[doentes
doentes da forma errada

a destruição do corpo vem de outro lado
vem de fora pra dentro
e o corpo todo. o buraco imenso. se cuidam fazendo força

literaturas da ovulação

libido alta e vontade de chorar.
libido alta e vontade de chorar.
desagradeço as emoções que tenham me acompanhado e tenham sido demais
todo mês eu acredito que talvez eu tenha que ter me preparado melhor para isso
uma tristeza imensa, "amiga da onça"
e uma memória fotográfica de relações passadas
cuidado ao dormir pra não cair num abismo imaginário de repetição de relações
estou dormindo mas ainda estou sentindo
lembro exatamente de quando você entrou em mim
e de quando entrei em você
às vezes isso me causa
uma libido alta e uma vontade de chorar
às vezes até agradeço aos pesadelos com monstros que não me façam imaginar situações específicas
não tenho medo dos monstros
mas tenho saudade de algumas salivas
e uns fluidos corporais específicos
enquanto isso monstros não existem
mas eu e as outras existimos
o que eu mais odeio é

essa libido alta e essa vontade de chorar
por tudo que tenho sentido e que não tem sentido
o universo paralelo a isso é alguma coisa que eu entenda ou que
eu já tenha visto?
por enquanto não gosto da sensação
não gosto da sensação

agonia days

agonia days
porque quase sempre
começa no dia 20 do mês
às vezes atrasa um
ou dois tempos
mas sempre me
atrasa por inteira
como um útero
[do tamanho de um punho]
que coube inteiro na garganta
onde agora está
não consigo respirar
mesmo quando tem
[o tamanho de um dedo mindinho]
eu ainda o sinto
e fico esperando
"o dia em que vai descer pra mim"
não sei resolver o que é endógeno
não sei resolver esse negócio
também não sou suficiente pra
romantizar e aproveitar essa
raiva-temporária
diferente da raiva-de-sempre

que mobiliza e nos mantém vivas
viva a raiva de casa
familiar, comum, não-provocada
e que não tem data para ir embora
as outras são complicadas

onças amigas da tristeza

lendo *plantas para curar la tristeza*
porque você não sai da minha cabeça
e causa cólicas em meu coração
infelizmente é assim que eu escrevo as coisas mais bonitas

mama

eu me pareço com você ou você se parece comigo?
acho que nascer foi uma ação entre amigas
e homenagear nossas mães é uma prática feminista
pública e assistida
por aqueles que estão à nossa volta
em nossa vida

você foi a primeira mulher que eu conheci
depois de mim
a segunda que eu amei
e a última que pretendo abandonar
o primeiro resquício de humanidade que senti e o maior exemplo
[de humanidade que eu vejo

nunca imaginei que até minha letra fosse ficar parecida com a sua
e que a essa altura
ficaria emocionada de pensar
que esse encontro já faz tanto tempo
quanto tempo ainda temos?

também não te perdoo
por ter me convencido e inspirado
a ser uma educadora

assim como você tem sido
não te perdoo por ter me mostrado
que há pessoas boas
que têm doses inesgotáveis de coragem e paciência
assim como você tem sido
e não perdoo por ter sido
a melhor pessoa que eu tenho conhecido
como alguém pode competir com isso?

por isso você é a minha família assim como eu sou a sua
e não por causa de laços consanguíneos socialmente construídos
[desses que vimos
e é um prazer saber que deu tempo de te conhecer

baby blues

lugar nenhum me trouxe tão longe
não encontro o amor que me prometeram
não encontro o poder que eles esperaram
ele está em tudo
não me encontro em nada
por deus
alguém me impeça de cortar suas unhas pequenas
com essas tesouras afiadas

minhas amigas só vêm
pra colocar grades nas janelas
mas elas sabem
sem elas, não sou nada

lugar nenhum me deixou tão aflita
não emito um som humano há dias
e ele não para de chorar
minhas amigas só vêm
para cozinhar ervilhas
não queria ser mãe
não queria ser filha

carinhoneiras

adeptas do carinho
não monogâmicas
carinhoneiras
pararam de buscar o amor
porque ele não é
sexualmente transmissível
apegadas ao contrato
feito e discutido
porque ele é visível
defensoras dos limbos
em que entramos
ao discutir os relacionamentos
mantendo os olhos cansados mais atentos

adeptas do carinho
alguma coisa em touro
talvez os chifres e a busca pelo conforto
não pela conformação
alguma coisa em escorpião
vestidas como anarquistas convictas
adoro as visões anarquistas sobre amor
mas não as sobre política
adeptas do carinho

que vem como um carrinho de mão de costas
descendo ladeira
adentro do coração
do lado das outras sempre
mas nem sempre ao seu lado
sua estadia aqui ainda está ardendo
tem uma parte de mim que é quente mesmo
mas não se esquece do fogo brando
que gostou de te conhecer
adeptas do carinho
carregando o concreto e lento
processo
de um novo relacionamento

minha avó tirou cartinhas

nada encaixa entre nós e o mundo, amor
eu sinto fome e cê só quer ir para longe
de mim e das minhas
mas não dá nada
minha avó tirou cartinhas
e me contou um segredo
que então tenho espalhado
o espelho do mundo quebrou
e estamos olhando o espelho errado
por isso a desproporção
e as belezas de mentirinha
mas não dá nada
minha avó tirou cartinhas
e me deu a mão
como jamais você me daria

amarguradas

acabei de sentir
um gosto
exatamente amargo como o seu
em outra pessoa

odiareio

uma pessoa que eu quero ler
mas não quero ver
porque o meu rancor
ultrapassa as regras da ortografia e da gramática
odiareio
o dia todo
o dia inteiro
com a maior das raivas
o rancor
semente que apodrece dos dentes até o talo
às vezes te esqueço
mas tem vezes que cê me aparece pelo ralo
e é por isso que eu nem abro mais a torneira
deixei de ver a cor da água em casa
por sua causa
e bebi água da geladeira
quando me vi deitada pensando em você
quis enlouquecer

odiareio
o dia todo
o dia inteiro
tropecei na calçada e

por pouco
não entrei na casa errada
à primeira vista
cê me tomou dias inteiros
e me levou a pensar que todo ódio era fútil

areando os meus chifres

como uma tatuagem ao contrário
nem todo mundo pode ver
e você insiste
em perguntar
por que não estou tão brava
quanto estava esperando
querida
eu estou em prantos
com esse "amor" terrível
há anos

o amor não vai nos curar

meu amor é caro
e não pode ser medido em dinheiro, tempo ou orgasmos

aceito

amo quando me chama de vida
e quando a vida me chama

entendam

para sobreviver com uma vagina é preciso seguir
os desmandamentos:

não obedecer a nenhum homem que não seja justo

não agradar

guardar os sorrisos para las niñas que precisarão vê-los

armar-se com tudo, menos com as armas deles

aceitar o amor, menos o amor deles

ensinar o carinho e as táticas de guerra às niñas

amar à vulva como a ti mesma

ser a sua mulher preferida

vinte anos para descobrir a minha vagina

agradeço à minha lesbianidade e ao feminismo

agradeço às minhas amigas
por terem me apresentado um amor
diferente daquele que os homens destruíram

agradeço às minhas irmãs
por termos sobrevivido às semelhantes feridas

agradeço à audre lorde
e a todas as pessoas que me fizeram críticas

agradeço à minha vagina
e me desculpo por termos demorado tanto tempo
para nos encontrarmos

■ primeira edição
■ março de 2022